SV

Band 785 der Bibliothek Suhrkamp

Uwe Johnson
Skizze eines Verunglückten

Suhrkamp Verlag

Dieser Text erschien erstmals in:
Begegnungen. Eine Festschrift für Max Frisch zum siebzigsten Geburtstag.
Suhrkamp Verlag 1981

Erste Auflage 1982

Druck: Nomos Verlagsgesellschaft, Baden-Baden
Printed in Germany
8 9 10 11 12 – 03 02 01

Skizze eines Verunglückten

In den hunderter Straßen geht ein alter Mann abends in sein Restaurant. Es war mal seines. Jetzt ist es von Puertorikanern geführt; er hat sich von der Räumlichkeit nicht trennen können, reinlich und gut beleuchtet wie sie ist. Die Neuen haben von ihm gelernt, daß er abends immer nur Kaffee und Toast bestellt, aber sie antworten nicht richtig. Überhaupt ist es nicht richtig. Er hat seinen Stammplatz!, mit dem Rücken zum Straßenfenster. Sie wissen es; sie halten ihm den Platz nicht frei. Allabendlich kommt er um sieben; sie müßten es wissen. (Für mehr als Toast und Kaffee reicht das Geld nicht.) Die anderen, die Iren, hatten ihm helfen wollen, immer so lehrhaft seine Bestellung nachgesprochen, damit er sie besser sagt, nicht mit so dickem deutschen Akzent. Wenn man wenig sagen kann den ganzen Tag über, sieht man am Abend krank aus. Mit sich selbst sprechen, damit fängt es an. Manchmal merkt er schon, daß er die Lippen bewegt. Unterhält sich mit Toten. Deutsche dürfen die Toten allerdings nicht sein. – Ssänk ju: sagt er schüchtern. 1941, bei der Zeremonie der Einbürgerung, haben die ameri-

kanischen Beamten ihn davor gewarnt, die deutsche Staatsbürgerschaft abzulegen. Es könne sein, daß er Heimweh bekomme nach dem Ende des Krieges. Heimweh. *(1971)*

Herr Dr. J. Hinterhand (1906-1975) gestattete seit Juni 1975 die folgenden Berichtigungen, Ausführungen, Auskünfte und Nachträge.

I

Nach seiner Entlassung aus dem Staatsgefängnis bei Ossining am Hudson, 1957, habe er in New York City als einen Wohnsitz sich fügen müssen, als ihm verbliebene Freunde, bei einem nahezu erzwungenen Besuch in ihrer Wohnung am Riverside Drive, ihn wie beiläufig für die Nacht unterbrachten in einem Gäste-Appartement, an dessen Wänden er gerettete Stücke aus seinem Besitz so aufgestellt fand, daß er einen Vorschlag erkennen mußte, einstweilen hier zu überleben. Was sie aus seiner Bücherei aufgestöbert hatten, es überzeugte ihn schon nach der Auswahl vom Gedächtnis ihrer Freundschaft; die Ausstattung des Raums mit eigenem Küchengelaß und Badezimmer versicherte ihn einer Geselligkeit nach jeweils seinen Wünschen; indem sie ihm einen Blick stifteten aus einem vierzehnten Stockwerk über den Riverside Park hinweg auf Hudson und Brücke und Steilufer gegenüber, hatten sie seine Bedürfnisse von ehedem so freundwillig erinnert, daß er ihnen das Recht zugestehen mußte an der Freude, die sie ihm und einander mit solchem Geschenk und Schutz zu bereiten gedachten. Leider sei er schon damals, wie im Grunde seit 1947, ungeschickt gewesen, ihre Teilnahme an seiner Person zu vergelten mit Unbefangenheit im täglichen Umgang, auch weil ihnen seine Tat, oder vielmehr deren Vorgeschichte, als die Mitte seines Bewußtseins gegenwärtig war, all dieselbe Zeit aber tabu selbst für eine unschuldige Anspielung, zumal gegenüber einem Ehepaar, mit damals halbwüchsigen Kindern. Übrig bleibe die Freundeshilfe. Die Unbeholfenheit im Restaurant, eingangs zitiert, obwohl er sie bestätige, verdanke sich einer anderen ... Konstellation? Konstitution? Sei es drum, da er auf solche Ausgänge nunmehr verzichtet habe. Als in den sechziger Jahren wie viele Häuser am Riverside Drive auch dieses umgewandelt wurde in ein Condominium ... in einen gemeinschaftlichen Besitz der Mieter, habe es ihm immer noch gemangelt an Verlangen nach einem ausgesuchten Platz in der Welt, so daß er zurückgelegten Verdienst aus seinem veränderten Berufe darauf verwandte, den ihm geliehenen Teil der Wohnung zu erwerben als ein Eigentum, lediglich der Gewohnheit folgend, aus Verlegenheit. Sein Aufenthalt »in den hunderter Straßen« zwischen Broadway und Riverside Park habe, insbesondere nach der Übersiedlung der Freunde in einen anderen Bundesstaat, vollends sich erwiesen als ein befestigter Zufall.

2

Was Judentum oder Jüdisches angehe, so verübe jene erste Skizze an ihm wohl eher einen Augenschein nach Hörensagen. Zuvörderst liege ihm an der Versicherung, er sei für seine Person aus einer solchen oder auch deutsch gearteten Frage bereits als Jugendlicher ausgestiegen, in religiöser und behördlicher Hinsicht obendrein, mit dem bestätigten Erfolge, »daß man dies sehr wohl könne«.

Allerdings sei er vielleicht ein wenig jüdisch. Was denn anderes konnten die Pflegerinnen des Waisenhauses in Gneez befinden über ein männliches Kind, dem geschätzten Alter nach zwei Monate alt, das ihnen im Sommer 1906 vor die Hintertür gelegt wurde, bekleidet mit einer Herrenweste und durch einen Zettel am Halse bezeichnet als »Jochim de Catt«? Da sie auch zu wählen hatten zwischen holländischen Wanderarbeitern als Eltern oder einem ungelenken Scherz, sei das Findelkind

einer evangelischen Taufe eher halbherzig unterworfen worden, mit der Folge, daß er bis zu seinem sechzehnten Lebensjahr, sei es nun in wechselnden Waisenheimen, bei Pflegeeltern oder auf dem Gymnasium, angesehen und benamst worden sei als »ein von de anneren«, selbst nachdem sein Vorname in den Papieren zur Person umgeändert erschien als »Joachim«, wobei dem Schreiber nun ein Erbarmen oder ein Bestehen auf Ordnung mochte die Feder geführt haben.
Immerhin sei dies die zweite Angabe zur Person gewesen, die er mit zwanzig Jahren, 1926, dem neunzehnjährigen Mädchen eröffnet habe, die und da sie ihm erschienen sei als für sein weiteres Leben bestimmt, leider auch hervorgekommen aus einer der erzprotestantisch berühmten Familien von Schwerin, wie immer verarmt, wie immer verwaist. Jedoch mehr als an seiner unsicheren Herkunft habe ihr gelegen an seinem ersten Eingeständnis, gleichermaßen einer Abweichung von herkömmlicher

Wesensart, und so sei denn von jenem Schild an seinem Hals in den mehr als zwanzig Jahren ihres benachbarten und gemeinsamen Lebens nie die Rede gewesen, weder versehentlich noch spaßhaft, und statt »Jochim« habe er von ihr »Joe« als Rufnamen bekommen und angenommen, dies aber wegen seiner damaligen Neigung zu angelsächsischen Redeweisen und Lebensarten.

Jedoch habe er dem jüdischen Fleck in seinem Leumund wiederum Vorschub geleistet, nämlich als er ihr sein erstes Versprechen wahr machte und zugleich mit einer philosophischen Dissertation ein literarisches Buch in die Öffentlichkeit setzte, 1931, ihr schon gewidmet auf dem ersten Blatt des Manuskriptes. Weil der eigene Name sich angelassen habe wie ein Pseudonym, habe er sich eins erfunden, ein mehrwertiges.

– »Joachim de Catt«, mir hätte der Name weiterhin eingeleuchtet, auch weil er einem niederdeutsch gebildeten Leser das Betragen einer Katze ankündigte. Aber Katzen sind begabt, das zu versprechen stand einem Autor schlecht an; weiterhin klang de Catt nach preußischem Programm und Koketterie in einem, Schaden für den Roman. Wie es bei ersten Versuchen so gehen kann, erzählte er aus den Jugendjahren eines Waisenknaben auf dem mecklenburgischen Lande, von der Sucht seiner Vormünder, ihm die Hammelbeine der guten Sitte länger zu ziehen als einem anderen Kinde, vom Aufstand dieses Kindes gegen ihre Schicklichkeit; es waren Beschwerden vom vereinigten Bürgertum zu erwarten. Zum anderen hatte das Buch begonnen mit der Erziehungsgewalt eines verlotterten Gastwirtes, der war um 1930 Ratsherr geworden, für die Nationalsozialisten, so dachte er aus seinen Schulden zu kommen. Belesen wie er war, verschaffte er dem Gemeinwesen von Gneez für eine Weile den Beinamen des mecklenburgischen Schilda. Denn er führte die Bürger an in einem Feldzug gegen einen Bildhauer, der

der Stadt Gneez angeboten hatte, ihr possierliches Wappentier in einer Bronze zu verewigen. Alles was die Frick, Goebbels, Hitler gegen jenen »verjudeten« (leider berühmten) Künstler oder über arische Kunst je über die Lippen gebracht hatten, das führte dieser Stadtrat im Munde, im genauen Zitat, bis in die Grammatik hinein, jedoch in seiner urtümlichen Lautbildung. Es war demnach eine zweite Gruppe des künftigen Publikums bekannt, und es lag dem Verfasser von »Ein behütetes Schaf« daran, gerade diesen Leuten eine fortgesetzte Neckerei und Beobachtung zu versprechen. Also verfiel er auf eine Anleihe bei der Skatsprache, jenen Partner nämlich, der seine Karten als letzter ausspielt; »J. Hinterhand« nannte sich der Autor.

Leider sei ihm erst nach der Veröffentlichung aufgegangen, daß die nazistische Faktion des deutschen Lesepublikums mit der eigenen Sprache ebensowenig bekannt war wie mit den Vorschriften, nach denen die österreichischen Behörden in den Jahren 1782 und 1783 den bei ihnen ansässigen Juden Familiennamen aufzwangen: H. L. MENCKEN nenne als Beispiel solche wie »Karfunkel« und »Veilchenduft«. So sei auf jenen Seiten der nationalsozialistischen Presse, wo sie ihre kulturpolitischen Analysen anbot, alsobald die Rede gewesen von dem »jüdischen Volksverhetzer J. Hinterhand«, dem sogar die Diskretion abgehe, seinen verräterischen Familiennamen zu verändern. So sei es fortgegangen anläßlich eines Bandes mit Erzählungen im nächsten Jahr, und lediglich eine süddeutsche Redaktion sei von Zweifel befallen worden, als sie dem Verriß eine fotografische Aufnahme des »jüdischen Nestbeschmutzers« beifügte. Denn »J. Hinterhand«, damals sechsundzwanzig Jahre alt, habe dem Wunschbild der Nazis von einem germanischen Jüngling so gleich gesehen, es müsse zum Weinen gewesen sein für jene Rassenforscher, deren Meßtabellen ausdrücklich verlangten nach einer Schädelform wie der seinen. Unter dem Bilde habe gestanden: »Der berüchtigte Mischling Hinterhand.«

Den Rest dürfte eine schriftliche Äußerung gegeben haben, die die etwas undeutsche Figur des Hitler, die etwas unheldische Figur des Goebbels und anderer Parteigenossen Auftreten verglich mit ihren eigenen Ansprüchen; die Ausbürgerung und die Aberkennung der deutschen Staatsangehörigkeit sei auf dem Fuße gekommen, schon 1933. Korrekt, wie eben Nazis seien in ihrer Wut, habe die Bekanntmachung gelautet auf einen Menschen namens Joachim de Catt.

Die eingangs zitierte Skizze enthalte einen Fehler. Denn wie jeder Emigrant in den U.S.A. habe er erst nach fünf Jahren angestanden für die Einbürgerung, gerade er, nach der deutschen Kriegserklärung vom Dezember 1941 ein enemy alien ... ein feindlicher Ausländer, der für alle Reisen über den Umkreis von New York hinaus eine Erlaubnis gebraucht habe vom district attorney ... von der Staatsanwaltschaft! Die korrekten Daten seien der Februar 1944, für die Prüfung, und der August 1944, für den Eid auf die Verfassung, weil die Staaten die Niederlage Deutschlands nunmehr hätten absehen können. Übrigens, als Dank an jenes Mädchen von 1926, habe er seinen Namen dabei ändern lassen in Joe Hinterhand, immer noch ohne Ahnung, was er damit sich vorausgesagt habe.

Er bitte, drei Worte in diesem Punkt seiner Erwiderungen als bloß zeitgeschichtlich erforderliche anzusehen, auch als »Hilfsworte« in einem anderen als dem grammatikalischen Verständnis, gänzlich unter Vorbehalt: Nationalsozialistisch, verjudet, gemeinschaftlich.

3

Siebzehn Jahre lang als Pflegekind unterwegs in wechselnden Haushalten, Zeuge der Verletzungen, die ein Mann und eine Frau einander antun können, habe er eine Vorstellung vom Leben in einer Ehe für sich selbst noch einmal erfinden müssen, eine anachronistische in einer Zeit, da der Ehebruch zum bürgerlichen Schwank verkommen sei. Ein einsames Kind, das Zuspruch nur erfahren habe als Weisung, Tadel oder Befehl, sei er bestärkt worden in dem auserlesenen Entschluß, wenigstens für die eigene Person wirklich zu machen, was gegen die Regel gegangen sei. Wahrscheinlich auch sei er geleitet worden von dem naiven Wunsch, sich selbst zu versichern gegen den Verrat, blind gegen die noch hier durchscheinende Verabredung des Tausches, als werde Treue vergolten mit einem ihr entsprechenden Wert. Marxistisch gesonnenen Freunden an der Universität habe er folgen können in ihrer

Theorie, auch in der moralischen, jedoch jeweils gezögert an dem Punkt, da sie KALININ zitierten:

> Die Ehe ist eine politische Aufgabe.

Er habe dies für eine persönliche angesehen und demgemäß eine Bedingung für sich behalten, wie sie angedeutet werde in PLATONS *Gastmahl*. Dort (118 D bis 194 A der Stephanus-Ausgabe) nehme ARISTOPHANES das Wort und erzähle den Androgynen-Mythos vom ursprünglich einigen Menschen, den Zeus als zu gefährlich auseinandergeschnitten habe in hälftige, »schnittige« Menschen, die seitdem unablässig auf der Suche sind nach ihrem anderen Teil, der counterpart soul. Manchmal, heiße es da, gelinge einem die Suche:

> Und so führt die Begierde
> und das Streben nach dem Ganzen
> den Namen Liebe.

Wer auch nur den Schatten eines solchen Märchens übriglasse in seinem Bewußtsein, der falle aus eigenem Verschulden in die Einbildung und Eitelkeit, mit zwanzig Jahren schon zu finden, was nur »manchmal«, demnach wenigen verstattet ist, also dem Zufall nach, und werde mißverstehen für Notwendigkeit, daß ihm auf einmal ein Mädchen gefällt mit Gesicht und Stimme, mit Haut und Haar, auf den ersten und den letzten Blick.

Der werde sich einbilden, er überprüfe einen antiken Philosophen, wenn er von Anfang an sie ausfrage nach ihrer Kindheit, ihrer Jugend, ihren Lehrern (den ersten Liebhaber ausgenommen), und werde zunächst ungläubig vernehmen:

– Über ihre Verwandtschaft spricht sie mit Spott, sobald die Rede auf deren parteipolitische Vorlieben kommt; auch sie muß ein schmales Stipendium aufbessern mit Nebenarbeiten (Aquarellmalerei auf Bestellung); sie spart auf Ferien an der Ostsee; sie ist dabei, sich das Haar wachsen zu lassen; auch sie liest die *Weltbühne*; sie geht schwimmen sooft sie kann; sie hält die Aleksandra Kollontaj für fälschlich zitiert mit jenem Glase Wassers, und kann es nachweisen:

> Das Ideal bleibt die monogame Verbindung, begründet auf der großen Liebe,

(*Die Neue Moral und die Arbeiterklasse,* 1920, S. 46f.); ihr liebster Baum ist die Pappel; sie ist einverstanden mit einem Wiedersehen, aber hält es für einen Unfug, daß die Menschen sich verlieben in einander, sie weigert sich, sie weist es von sich . . .

Wem hiervon alles komplementär klinge, verflochten in Blick und Bewegung und Laut, er werde noch heilfroh sein über wenigstens etwas an ihr, das ihm mißfalle, und sei es ihre Gewohnheit, in erkältetem Zustand zu schnüffeln, statt die Nase einmal kräftig auszuschnauben . . .

Das sei die einzige Warnung gewesen, und wer aufs Weghören versessen sei, der bringe nun zu jedem Spaziergang ein Seidentuch, sei der Himmel hell oder trübe; der halte Frottee bereit, wann immer sie

mit nassen Haaren aus dem Wasser kommt; der besuche sie im Winter allmorgendlich mit Spanholz, ihren Ofen zu befeuern; der höre schweigend und vergnügt ihre Verwunderung an, daß sie seit einem ganzen Jahr von keinem Schnupfen heimgesucht worden sei, geschweige denn einer Grippe . . .
Der werde längst begonnen haben, ihr auf Verlangen den jungen de Catt wie den von morgen und vorgestern getreulich darzustellen, ohne je noch sie bloß guter Manieren oder der Neugier zu verdächtigen, benommen wie er sein müsse von der Verwandlung von Stücken des eigenen Lebens in kostbare Zwischenfälle und Zusammenhänge, solange sie es sei, der sie anvertraut und von der sie angenommen würden. Mit der Summe seines Lebenslaufes aber habe er ihr ausgeliefert, was in seiner Person die Mitte zusammengesetzt habe, jenen Ort im Bewußtsein, von dem aus und in dem der einzelne Mensch das Wort Ich zu denken wagt, das Geheimnis des Individuums, die

einzig unersetzliche und unheilbare Stelle in ihm, wofür man früher das Wort Seele gebraucht habe (das seine marxistisch gesonnenen Freunde ihm für einen belletristischen Gebrauch hätten zugestehen müssen, Ausnahme halber). Und es sei ihm diese Mitteilung vorgekommen weder als Opfer noch als Verlust; im Gegenteil, als sichere Bewahrung.

Inzwischen habe er mit ihr das Unternehmen »Ein behütetes Schaf« besprochen, Satz für Satz, Kapitel für Kapitel, Person für Person, geschrieben für sie, ohne Täuschung oder Irrtum im mindesten zu besorgen. Denn zu Plato habe sich ein anderer Eideshelfer gesellt, einer aus diesem Jahrhundert, Ernst Bloch, der als einen notwendigen und natürlichen Vorgang beschrieb, wovor man anderen Falles sich hätte fürchten müssen als einem Wunder:

> So ist gerade dieses, was sich das Weib, wenn es zu Recht geweckt ist, an Großem, Vollkommenem, Lösendem, Tiefem ersehnt, für den

schöpferischen Mann die farbigste Verkörperung des kategorischen Imperativs seiner gesamten Produktion: daß er, daß sein Schaffen ihrer würdig sei, daß er ihre Farben trage und für sie kämpfe, als dem Maß der Seele und des dem Schaffen aufgegebenen absoluten Apriori.

Im August 1932 habe er sie um einen Bündnisvertrag gebeten, um ein Zusammenleben gegen die bürgerlichen Normen abzusichern, um sechs Jahre gegenseitiger Prüfung zu besiegeln, um die Ehe.

4

Für den Herbst 1932 sei an »Mr. J. Hinterhand« von einer Agentur in New York City die Einladung ergangen, die Staaten zu einer Reise mit Vorträgen zu besuchen. Zu seiner gelinden Enttäuschung sei er von der Freundin gebeten worden, auf diesen Ausflug zu verzichten, auch zu seiner Verwirrung, da sie weiterhin darauf bestand, daß sie beide an verschiedenen Orten lebten, ihm übrigens die Heirat abgeschlagen habe (ihrer Dissertation zuliebe), nun aber den Wunsch vortrug, er möge einer solchen überseeischen Erfahrung nicht ohne sie sich aussetzen, da sie vielleicht später schwerlich ihm werde folgen können in solche Fremde, in der er ihr voraus sein werde. Ausdrücklich so einen Grund, und keineswegs Angst vor einer längeren Trennung, habe sie ihm angegeben.

Die auf vier Monate geplante Reise habe er verteidigt mit seinem Zweifel an der Überzeugung, für die die marxistisch gesonnenen unter ihren gemeinsamen Freunden hätten einstehen wollen, nämlich »daß wir siegen werden«, wohingegen es geraten war, für den Fall eines anderen Sieges in sicherer Entfernung einen Ort zu suchen, an dem ein Schriftsteller und eine Kunsthistorikerin ihre Arbeit fortführen könnten, sei es auch in einer anderen als der deutschen Sprache. Wie in allen ihren Beratungen seien sie einig geworden, diesmal in dem Vorsatz, ihn tatsächlich nur als ihren Kundschafter zu entsenden, und er entsinne sich ihrer Abschiedsgeste am Fernschnellzug nach London auf dem Bahnhof Friedrichstraße, eines stillschweigenden Versprechens, wobei sie die Hände flach vor der Brust gegeneinander verschoben habe.

Dieses Grußes, von ihr für allein sie beide erfunden, sei er eingedenk gewesen von Boston bis New Orleans, und, wie er aus einem Brief an sie vom Oktober 1932 bitte zitieren zu dürfen, seine Berichte hätten alle gezielt auf Zukunftsstätten für sie wie für ihn:

»Wenn wir hingegen alt sind: du etwas dicker und ich mit längeren Falten, wollen wir allerdings leben daß wir uns rächen an diesen Betten wie sie in ihrer Breite ein Zimmer ganz bewohnen und mir gegenwärtig noch kommen dürfen als Katafalk und Schaustück unter Baldachin mit kein Mal weniger als zwei Kopfkissen auf der unermeßlichen Fläche, so müde kann ein Reisender allein gar nicht sein in einer einzigen Nacht. Solche werden wir aufstellen in einem Haus, das in New York den Central Park und den Hudson in einem überblickt vom fünfzehnten Stockwerk, und vom Fahrstuhl an soll ein leinenes Dach den Regen vom Bürgersteig halten wo du gehst und ein Kerl in der Uniform versunkener Fürstentümer soll immer die Mütze abnehmen und sagen welcher Wochentag es ist. Also werden wir das graue Wasser sehen in der Nacht von unseren eckigen Sitzplätzen her und über dem Fluß den

engen und den weiten Lichterbogen der Washington Bridge, von unten soll das Geräusch der Autos heraufdringen wie stetiger Regen, dennoch wird es kaum je regnen, und Zahlungen leisten wir mit Schecks . . .
Oder wir verlegen alles in eine von diesen neuenglischen Gegenden im Frühling wo in weiten Bogenschwüngen ausgebreitet zwischen all dem grünen und braunroten Laub weiße Häuser zierlich stehen, sind aus Holz und erinnern dich an etwas das schien auch so alt und bürgerlich; in einem kommt das Wasser in sehr bequemen Wärmeunterschieden aus der Wand und läuft heizend rundum und jagt als Eis die Butter wie den Gin in kühlen Schreck und draußen sitzt es als Schwimmbad im weich rasierten Rasen umgeben von altrömisch verwitterten Steinbänken und Figuren und ist von der Terrasse aus zu sehen als ein See in jahreszeitlich wechselnden Sandbänken verschwimmend nun immer so weiter: fahren wir abends zwischen all den dicken

Autos in die Stadt und zeigen dich und erklären den Touristen die Vorteile einer breiten Mittelschicht für den Bestand einer im Grunde demokratischen Gesellschaftsordnung und die dir gefallen nehmen wir mit in das Haus, das hölzern pocht und knackt in der Nacht mit den Dielen und den Möbeln, die sehen nach deinen Großmüttern aus und wir wie die du etwas dicker und ich mit längeren Falten auf einer bereits vergilbten Fotografie nebeneinander: ja.«

Eine Reise mit Erfolgen und Aussichten demnach, als Vorkehrung bestätigt durch die Entscheidung der deutschen Wähler, daß Hitler siegen werde. Nur daß bei de Catts Rückkehr nach Europa im Hakenkreuzdeutschland eine Person festgehalten wurde, den erneuerten Behörden bekannt wegen ihrer Beziehungen zu dem auslandsflüchtigen Nestbeschmutzer J. Hinterhand alias Joachim de Catt, weswegen ihr für den Reisepaß eine Verlängerung der Gültigkeit zu verweigern. Fast fünf Monate

lang habe er an der Südküste der dänischen Provinz Falster gesessen, in Unruhe auch deswegen, wie eine so geschickte Person keinen Weg finde zwischen den bewachten Grenzstationen hinaus in die Schweiz, in die Niederlande, nach Dänemark.
Ihre Briefe seien datiert gewesen aus München, Bayern, und nie habe sie eine Vorliebe bekundet für den dort ansässigen Menschenschlag. Ein Brief endete, ihn sonder Maßen überzeugend, mit dem Wunsch:
»und möge mir [nach dem Wiedersehen] ein Leben in Deutschland erspart bleiben!«
Von Gjedser nach Warnemünde in Hitlers Deutschland habe die Fähre zu jener Zeit zweieinhalb Stunden gebraucht, und der tägliche Anblick der hochbordigen Trajekte habe verführerische Pläne befördert.
Mit wendender Post habe sie geschrieben aus den bayerischen Landen:
»dafür daß du nicht [nach Deutschland] kommen sollst, sprechen noch zwei schwerwiegende Gründe: erstens man würde dich höchstwahrscheinlich einsper-

ren, da hätten wir auch nichts von einander. Und zweitens würde ich es nicht ertragen, wenn du nicht mehr schreiben dürftest und könntest [hier], das wäre so, wie wenn du erblindetest oder etwas ähnlich Schreckliches und das würde uns nur beide zur Verzweiflung bringen.

Aber wir haben ein halbes Jahr warten können auf deine Rückkehr aus Amerika, und wir können uns noch ein halbes Jahr oder ein Jahr gestatten, können wir nicht?«

Can't we? Dabei sei eher das Französische die ihr vertraute Fremdsprache gewesen.

Bis am Ende seinen Freunden aufgefallen sei, daß »de Catt« (so der Spitzname) auch müsse geholfen werden, und sie einen schickten. Es sei jener gewesen, der eine Ehe à la Kalinin im Sinne hatte, aber willkommen mit seiner Frage, ob de Catt denn keine private Aufnahme jener Person bei sich führe, geeignet für einen Reisepaß, irgendeinen.

Zwar habe er eine Fotografie hergegeben,

jedoch ohne Hoffnung. Aus jener Nacht werde ihm der Ausspruch nachgesagt: Für mich ist sie verloren, und dessen gleichen. Dennoch sei, nach fast neun Monaten der Trennung von ihr, in Gjedser ein Telegramm aus Deutschland eingetroffen, bestimmt für einen sicheren Joe Hinterhand (unterzeichnet Karl Alinin). Es forderte ihn auf, anderthalb Stunden nach Mitternacht einen Anruf zu erwarten. Als er um diese Zeit den Schlafwagenzug aus Deutschland bestieg, habe die, die er suchte, geträumt hinter verschlossener Tür, bis Kopenhagen. Sie hatte die Überfahrt verschlafen, und ihn desgleichen.

N. B.
Es sei ihm zuverlässig gegenwärtig, daß der Hafenort Gjedser neuerdings anders geschrieben werde. Auch bitte er darum, in diesem Nachtrag die Worte »für allein sie beide« und »demokratisch« aufzufassen mit einem Mißtrauen.

5

Umsonst sei die Sorge gewesen, es werde allzu praktischer Beweisführung bedürfen, sie zu einer Eheschließung zu bewegen, denn sie habe mit einer fast ängstlichen Bereitwilligkeit eingewilligt, fru de Catt zu werden, und darauf Mrs. Hinterhand. Dies, weil ihm bei einer müßigen Reise durch die südlichen Provinzen von England aufgefallen sei, daß sie für die verlorene Ostsee entschädigt werden müsse mit einer anderen Küste. Das Haus in einem Wohndorf nördlich von Folkestone, das er mit seinem letzten und mit geliehenem Gelde erwarb, habe sie sogleich getauft als ihre »Mitgift«, und es sei am Ende mehr ihr Haus geworden als das seine. Denn auch dort habe sie den Leuten gefallen und eine Mannschaft Handwerker in nur acht Wochen dazu bewogen, Reparaturen und Umbauten unter Dach und Fach zu bringen, indem sie mit jedem, ob Elektriker oder Klempner, sprach über sein jeweiliges

Fachgebiet oder, nach Belieben, über die verschiedenen Verdienste der Radio-Sinfonie-Orchester von London, Wien oder Berlin, und hierbei erhebliche Kenntnisse in Dingen des Fischens und Angelns erwarb. Und wenn sie ihm nachgekommen sei in das pub . . . in die Kneipe, habe ihr manchmal an zwei Haaren Ölfarbe gehangen, worauf die übrigen Gäste weniger sahen als daß dieser vormals einzelne Ausländer zu tun habe mit dieser Dame, nämlich zur Förderung seines Ansehens. Bald von fast allen mit dem Vornamen angesprochen, habe sie beim Verlassen des Lokals auf das Cheerio der anderen unbekümmert gerufen: Cheerio! wozu er, mit seinen amerikanischen Angewohnheiten, anfangs zu schüchtern gewesen sei. Und auf die Frage, was denn die Hinterhands, doch keine Juden dem Namen nach, aus Deutschland in diesen von allen Orten gebracht habe, antwortete sie: My husband did it. Das hat mein Mann getan.

Ein beliebtes, ein angesehenes Ehepaar,

diese Hinterhands, wie immer fremd. Wie Verliebte, immer zusammen unterwegs, ob bei Fahrten nach Folkestone oder auf Wegen entlang der Steilküste. Höfliche Gäste, die ihrem ersten Kind den Vornamen Anthony gaben. Ein bißchen selbständig die Frau, mit ihren Reisen zur Universität von London oder über den Kanal zum Kontinent, gelegentlich für länger als eine Woche. Joe Hinterhand als Kindespfleger, als Kindeshüter. Im Grunde beide Schriftsteller; er mit der Hand, sie für ihn an der Maschine. Wären alle Ehen so.

N.[illegible]

Ungenaue Worte: My husband. Ihrem ersten Kind.

6

Unter den Gerüchten aus Deutschland habe eines ein Freundespaar betroffen, Peter und Martha Niebuhr, vielmehr Martha allein, und wollte für gewiß haben, daß sie ohne ihn in einem Salzburger Hotel gesehen worden sei, in Begleitung eines Fremden, der zu ihr sich betragen habe wie ein Liebhaber.

Da die Niebuhrs bekannt gewesen seien als verabredet zur Aufrichtigkeit gegen einander, ähnlich wie die de Catts, habe er sich, mit wem wohl, beraten über die Frage, ob man Peter warnen solle, etwa mit einer Erkundigung nach Reisezeiten im Österreichischen.

Mrs. de Catt, Mrs. Hinterhand: Das wäre Marthas Pflicht. Das muß die Frau dem Mann sagen.

Oder:

Auf Vortragsreisen allein unterwegs, seien dem Schriftsteller Hinterhand (oder vielleicht dem zweiunddreißigjährigen Joachim de Catt) gelegentlich von Damen erwiesen worden, was man damals Avancen genannt habe. Da ihm aber nie eine so schön und begehrenswert erschienen sei wie die zu Hause wartende Frau, habe er jeweils sich verhalten wie der Joseph in der Legende, der Joseph vor der Frau Potiphar, auch um nichts bekennen zu müssen, das ihn das Vertrauen von Mrs. Hinterhand kosten könne. So habe er jedes Mal heimkommen dürfen mit einer Geschichte, lustig zu erzählen, statt mit einem Geständnis.

Dazu Mrs. Hinterhand: Du trägst den falschen Nachnamen.

Oder:

Am Ende eines Steuerjahres sei er von Mrs. Hinterhand hingewiesen worden auf einen Fehlbetrag, eine Differenz zwischen belegbaren Ausgaben und wirklichem Einkommen, wahrscheinlich zustande gekommen durch verlorene Rechnungen. Eine ärgerlich hohe Summe. Um seine Untüchtigkeit in der Buchführung einzugestehen, ande-

rerseits die Frau zu erheitern, habe er ausgerufen: Halte ich mir eine Jacht? Gehe ich fremd für Geld?
Mrs. Hinterhand: Und wenn's so wäre, ich wollt's nicht wissen.
Ob sie Zweifel in ihn setze.
Nein. Keine Zweifel an ihm.

7

So daß er von Glück habe sagen können. Mehr noch, als es ihm gelungen sei, Mrs. Hinterhand zu bewegen, ihn, mit dem Kind, zu begleiten auf einer Amerikareise im Sommer 1939. (Ihr Zögern habe er sich gedeutet als Besorgnis vor dem, was sie einmal seine »amerikanische Vorhand« nannte). So daß sie in Sicherheit lebte, als Folkestone in die vorderste Reichweite deutscher Bomber geraten war. (Seine einzige Furcht zu jener Lebenszeit: noch einmal eine längere Trennung von ihr.)
So daß der Schriftsteller Hinterhand, abermals ein Neuling in den USA, ganz unbedenklich mitmachte in dem Streit um den Obersten Lindbergh. Charles Lindbergh, in den Jahren 1936 bis 1938 ein Kundschafter bei Göring und dem deutschen Luftwaffenministerium, habe noch nach dem Anfang des Krieges in Europa versucht, die amerikanische Öffentlichkeit gegen ein Eingreifen der Staaten aufzubringen. Am

15. September 1939, in einer Radioansprache, habe er wiederholt: Weder England noch Frankreich seien imstande, Deutschland militärisch zu besiegen, weswegen es ihnen besser anstünde, sich anzupassen oder zu verhandeln über ein neu verteiltes Europa. Ein Besucher aus jenem England, habe Mr. Hinterhand auf die jeweils erste Frage von Reportern

How do you like America?

bereitwillig mit dem Ja geantwortet, mit einer Einschränkung: An diesem America mißfalle ihm der Colonel Lindbergh. Vielleicht aus persönlichen Gründen. Denn er komme nun einmal aus Folkestone, Kent, Britannien. Er erinnere sich der Aussicht von den Klippen von Folkestone, sechzig Meter oberhalb der See, die Küste von Frankreich mit bloßem Auge erkennbar. Folkestone, einer der Cinque Ports. Dortselbst die Statue William Harveys, der den Blutkreislauf entdeckt habe, De Motu Cordis et Sanguinis, 1628. Die Rennbahn, die Altstadt, der Hafen von Folkestone, 1313,

1629, 1805, die Martello-Türme ... all dies wolle der Colonel Lindbergh zerbombt und zerschossen sehen, da er der größten Militärmacht der Welt abrate, das britische Defizit auszugleichen. Lindbergh, der Zerstörer Folkestones ... Eine Ansicht, mit der man in den USA jenes Jahres habe recht allein stehen können, außer man wisse die eigene motio cordis et sanguinis beschützt und wohl bewahrt, etwa à la KANDISKY:

> Meine Frau weiß jetzt alles, was ich denke, alles, was ich sage, alles, was ich glaube, alles, was ich tun kann, und alles, was ich nicht tun und nicht sein kann.

Schon Anfang 1942 habe die US Army ihn geworben für etwas, was man am Ende eine Aufklärung von Nachrichten gegen die der Nazis habe nennen können, siehe »Folkestone«, und das Reisen sei ihm eigens aufgetragen worden, zu einem umherziehenden Amte, weg von der Frau und dem Kind; ein Glückslos noch von einem

Auftrag, da er anderen Falles die Meldung zum Frontdienst von sich habe verlangen müssen, in Übereinstimmung mit der Frau, auch hierin. Jede Rückkehr in den Alltag mit ihr, Urlaub habe er jeweils begonnen, indem er die Uhr vor sich versteckte, die Zeit. Und wenn er in noch einem Zitat MARIE LUISE KASCHNITZ anrufen dürfe:

> Ein Schriftsteller ist meistens ziemlich einsam und seine Frau ist für ihn die Verbindung mit der Welt. Sie ist die Welt mit ihren Anforderungen, ihrer Unerbittlichkeit und ihrem schrecklichen Vertrauen. Ob man noch oder längst nicht mehr in sie verliebt ist, ändert daran nichts –

so wünsche er ihr auch zu widersprechen. Alles werde verändert, wenn man auch nur mit einer Spur von Mißtrauen anhöre und entgegennehme, was die Frau mitbringt aus jener Tageszeit, die man am Schreibtisch versäume – ob nun die neueste Nachricht von dem Leuchtband am Times Square oder die Sprüche des Fahrstuhlführers, der gern etwas Verlegenheit gespielt habe nach Ausrufen wie diesem: Congratulations! The Germans have lost another battle! Sie habe ihn versorgt mit Wirklichkeit, und wäre ihm jemals der Plan zu einem Roman mit amerikanischer Szene gekommen, so hätte er daran sich gewagt allein im Vertrauen auf ihre Mithilfe. Wenn er eine andere Karte ziehen dürfe, mit einem Text von FONTANE diesmal, so beschreibe dieser weite Bereiche seines Selbstverständnisses von damals:

> Es kommt nicht darauf an, daß irgend etwas, oder wohl gar alles, auf einer Musterhöhe wandelt, es kommt auf das »Zueinanderpassen« an, und wenn man sich auf diesen Punkt hin nicht verrechnet, so wird man glücklich. Auch das ist richtig, daß das gegenseitige Sichhelfen eine große Rolle spielt. In dieser Beziehung ist mir immer die

> Geschichte vom *Swinegel un sine Fru* als Musterstück niederdeutscher Weisheit und Poesie erschienen. [. . .] Darin ist das Musterstück einer guten Ehe vorgezeichnet [. . .] Aber dabei muß ich bleiben, ein anständiges Sichhelfen, mit guter Rollenverteilung, bedeutet viel in der Ehe, und »mine Fru« hat diese große Sache geleistet.

Und noch im zwanzigsten Jahr des Zusammenlebens mit Mrs. Hinterhand habe er sich erkannt in einer Stelle bei TSCHECHOV, nur daß für ihn täglich neuer Anfang gewesen sei, was in der Erzählung *Der Literaturlehrer* beschrieben werde als der Beginn des Endes:

> All das, was in ihren Worten richtig war, schien ihm ungewöhnlich und erstaunlich; dasjenige aber, was von seinen Worten abwich, war seiner Ansicht nach naiv und rührend.

Wobei Naivität ihm erschienen sei als eine Tugend und Begabung, etwas, das ihn an-

gerührt habe als ein Glück, damit zu leben alle Tage.
Man habe die Hinterhands zwar belächelt wegen der symbiotischen Art ihres Betragens zueinander, übrigens durchaus vermutet, es sei Mrs. Hinterhand, die den Mann an der Stange halte mit einer sozialistischen Moral. Andere hingegen vermochten sich abzufinden mit dem Sachverhalt, so daß er manchmal geradezu um Rat gefragt worden sei von Freunden, die an der eigenen Ehe verzweifelten. Demnach habe er im Jahre 1947 einer im folgenden zitierten Auffassung angehangen, wie sie bei der Gerichtsverhandlung verlesen worden sei:
»Denn die Form der Ehe, was ist sie viel mehr als verabredetes Zusammenleben, mag sein mit Arbeitsteilung. Das halte ich für eine offene Lage. Ich stimme der Vorschrift zu, darin dürfe keiner willkürlich verfahren, als einem Teil der Definition, weil Willkür den anderen aus der Funktion der Partnerschaft verdrängt und er einem

so unerreichbar wird. Die Qualität des Erfinderischen, Neuerungen, Änderungen aber sehe ich nicht an als gefährlich für die Ehe. Schon die unausweichliche Gelegenheit, daß einer auf den anderen reagiert, verlangt Erfindungen und sollte Stillstand wie Starre ausschließen. Diese Auskunft ist nicht geeignet zur Vorlage bei der Ausländerpolizei.«

Im gleichen Jahre seien die Hinterhands endgültig aus der Stadt gezogen, in eine dörfliche Siedlung auf Gardiners Island im Sund von Long Island, sie abermals zu versorgen mit dem Anblick weiter Flächen Wassers, um seine Bücher zu Ende zu schreiben, um ungestört sich vorzubereiten auf das gemeinsame Alter.

Der letzte literarische Plan sei gewesen, ihre Biographie herzustellen. Was Alice B. Toklas recht war, ihm sei es bloß als billig erschienen für eine Mrs. Hinterhand. Obwohl sie dem Vorhaben sich widersetzte, erwähnte er es in einem Rundfunk-Interview, künftige Arbeiten angehend, und

in der Tonaufzeichnung sei ihr (ruhiger) Zwischenruf festgehalten: Over my dead body.
So daß später ein frühzeitiges Beweisstück vorlag, ein Zeuge gerufen werden konnte, und sie eine Voraussage ausgesprochen habe.

8

In der Gerichtsverhandlung des amerikanischen Volkes gegen den Bürger Dr. Joe Hinterhand habe er, sorgfältiger Belehrung zum Trotz, auf die Frage nach dem Schuldbekenntnis geantwortet: Isn't that for this court to decide?, was sein Rechtsanwalt vorschriftsmäßig berichtigt habe in ein: Wir erklären uns für nicht schuldig, Euer Ehren. Aber er habe weder in jenem Augenblick noch bei der Verurteilung zu entscheiden vermocht, ob das richtig sei.
Der Rechtsbeistand, eifrig wie nur ein Freund ohne Anspruch auf ein Honorar, habe den Angeklagten zu entschuldigen versucht, indem er ihm einen mildernden Umstand nach dem anderen anhängte: Dem Angeklagten sei nach fast vierzehn Jahren ehelichen Lebens, in der Tat nach zwanzig Jahren Zusammenlebens mit seiner Frau eröffnet worden, daß sie ihn getäuscht und belogen habe von Anfang an, insbesondere über ein Liebesverhältnis mit

einem Bürger der Feindstaaten seit 1932, fortgesetzt und erneuert durch carnal knowledge ... fleischliche Bekanntschaft bis 1938, von 1932 bis 1947 unterstützt durch regelmäßige Korrespondenz, worin der Angeklagte habe eine Verschwörung erblicken müssen sowohl gegen seine Person als auch gegen seine Arbeit, da er durch ihr Bündnis mit einem Verfechter faschistischer Theorien geschädigt sei in seiner Glaubwürdigkeit, nachdem er gegen solche Theorien angegangen sei in Wort und Schrift ... und müsse dem Angeklagten angerechnet werden, daß er verzichtet habe auf jeden Versuch, einer Strafverfolgung sich zu entziehen, vielmehr binnen einer Stunde die örtliche Polizei an den Tatort rief, obwohl er wegen der abseitigen Lage des Hauses und eines Vorrats an Bargeld in der Lage gewesen sei, unbehindert nach Mexico auszuweichen, oder in das noch näher gelegene Canada.

Der vorsitzende Richter habe an solcher Begründung, dankenswerterweise, auszusetzen gehabt, daß sie beruhe auf hearsay ... auf Hörensagen. Die einzige Person, die die Vorgeschichte der Tat würde erhärten können, sei mit dem Angeklagten durch Heirat verbunden, obendrein das Opfer selbst; der in Frage stehende Briefwechsel offensichtlich von ihr vernichtet oder ungreifbar in Europa. Abgelehnt; es sei denn, der Angeklagte wolle einen oder mehrere Zeugen in den Staaten oder Europa benennen ... In der Weigerung des Angeklagten, solche Namen preiszugeben, müsse der Gerichtshof einen Mangel an Bereitschaft zu einer Zusammenarbeit erblicken.

Wenig besser sei der Rechtsbeistand gefahren mit dem Versuch, eine Handlung im Affekt zu konstruieren, nämlich aus dem Widerspruch zwischen dem Leumund des Angeklagten und der Tat. Die Zeugen seien ohne Ausnahme bereit gewesen, die Legende vom Ehepaar Hinterhand zu bekräftigen; es blieb die Tat selbst.

Es blieb die Aussage des Angeklagten über

sein Bemühen, das Zusammenleben mit Mrs. Hinterhand fortzuführen, über eine beträchtliche Zeit, bis sie darin gestört worden seien durch die Machenschaften eines Skandalschreibers. Die hätten in ihm das Innstetten-Syndrom hervorgerufen . . . Erklärung des so benannten Syndroms; Buchstabieren des Namens Wüllersdorf. Woraus sich ergab, daß der Angeklagte zu vernünftiger Überlegung fähig gewesen sei, zu der Ausarbeitung eines Vorsatzes für die Tat.

Zu einem Motiv befragt, habe der Angeklagte verlauten lassen, es sei zu einem geringeren Teil beschrieben in einer Erzählung von Gorki. Mittlerweile sei ihm entfallen, wie die Debatte ausgegangen sei, für oder gegen die Verlesung eines kommunistischen Textes in einem amerikanischen Gericht von 1949; der Text sei ihm gegenwärtig, zum ersten Mal veröffentlicht in Krasnaj Nowj (Rotes Neuland) in der Nummer 6 für den Oktober/November 1923:

> Nein, ich war zu jung und zu selbstsicher, eifersüchtig zu sein. Aber – es gibt Gefühle, Gedanken und Ahnungen, über die man nur mit der geliebten Frau spricht und die man niemand sonst sagen würde. Es gibt solch eine Stunde der Gemeinschaft mit der Frau, wenn man sich selbst fremd wird und wenn man sich vor ihr wie der Gläubige vor Gott aufschließt. Wenn ich mir vorstellte, daß sie all dies – so ganz und ausschließlich meins – in einem intimen Augenblick einem anderen erzählen könnte, wurde es mir schwer, und ich fühlte die Möglichkeit von etwas, das dem Verrat sehr ähnlich war.

Des weiteren sei er überzeugt, Mrs. Hinterhand habe die Tat gewünscht, indem sie ihm vorhielt, er selbst trage die Verantwortung für das Bild, das sie ihm von sich selbst gemacht habe. Zunächst bloß verdutzt, habe er sie erinnert, daß sie beide einig seien mit der Behauptung, aufgestellt in einem jüngst erschienenen Buch von Max Frisch:

> Es ist bemerkenswert, daß wir gerade von dem Menschen, den wir lieben, am mindesten aussagen können, wie er sei. Wir lieben ihn einfach. Eben darin besteht ja die Liebe, das Wunderbare an der Liebe, daß sie uns in der Schwebe des Lebendigen hält, in der Bereitschaft, einem Menschen zu folgen in allen seinen möglichen Entfaltungen. Wir wissen, daß jeder Mensch, wenn man ihn liebt, sich wie verwandelt fühlt, wie entfaltet, und daß auch dem Liebenden sich alles entfaltet, das Nächste, das lange Bekannte. Vieles sieht er wie zum ersten Male. Die Liebe befreit es aus jeglichem Bildnis.

Dies – so ihre Erklärung – habe sie lediglich zugestanden aus Bequemlichkeit, um einmal der Mühe des Nachdenkens und

Sprechens zu entgehen. Auch unbewußt der Täuschung und Lüge, unverändert bleibe er verantwortlich, sie aufgefaßt zu haben als was sie sei. Es sei sein Entschluß gewesen, ihr zu glauben, oder an sie zu glauben. Damit liege die Schuld für die letzten zwanzig Jahre ihres Lebens bei ihm.

Nicht sie sei es gewesen, die sich den Tod gesprochen habe mit dieser . . . philosophischen Leichtfertigkeit. Sie sei ihm verwandelt erschienen in ein Prinzip, eine Verkörperung aller Kräfte, die seinem Leben entgegen seien, als die Drohung, die Gültigkeit der Worte abzuschaffen. In diesem Augenblick habe er nur noch wünschen können, dies möge aus der Welt sein.

Dies zu übersetzen in das juristische Verständnis einer Notwehr, es habe dem Verteidiger mit Notwendigkeit mißlingen müssen.

Die Weigerung, am Begräbnis von »Mrs. Hinterhand« teilzunehmen, habe die Angehörigen der Jury ungenügend verärgert.

Des Totschlags schuldig, bei verminderter geistiger Zurechnungsfähigkeit im Augenblick der Tat.
Ein halbes Jahr Aufenthalt in jenem Festen Hause am Hudson, flußaufwärts, das die amtliche Bezeichnung Verbesserungsanstalt führe. Nach einem zweiten Herzanfall Überführung in ein bewachtes Krankenhaus. Wegen fortgesetzter Versuche zum Selbstmord Beobachtung in einem Institut für die geistig Kranken. Wegen übermäßiger Fügsamkeit Rückkehr nach Ossining. 1957 Entlassung wegen der erwünschten Art der Führung.

9

Genauer entsinne er sich der Sorge, es möchten von den fotografischen Aufnahmen aus den Jahren 1926 bis 1947 etwelche fehlen, und der bösen Erleichterung, sie im Negativ vollständig vorzufinden. So habe er den schon 1934 gefaßten Plan ausführen können, sie auf Diapositive umkopieren zu lassen, wenn sie denn ein wenig gelungen waren. Ein Glück noch, daß er 1926 gleich mit der Leica angefangen habe, denn zur Arbeit mit einem anderen als dem Kleinbildformat sei bereits in den späten fünfziger Jahren kein Labor bereit gewesen. Denn es habe jedes Negativ einzeln mit der passenden Belichtungszeit auf das Dia-Material gebracht werden müssen, eine arge Fummelei, eine Sache für ausgebildete Techniker. (Zum anderen habe er sich erspart, die Arbeit selber zu tun, weil nun einmal er bestimmen müsse, wann er diese Bilder sich zumute.) Und da die Negative zwei der größten Aktenordner so dick füllen, daß die Klammern kaum noch einrasten, lasse ein Stückpreis sich ausrechnen und somit, daß das Unternehmen ihn um die Hälfte seiner Ersparnisse gebracht habe zu einer Zeit, als der Dollar noch ein Geld an und für sich gewesen sei. Betrüblicher jedoch, der Labortechniker von 1926 habe, bei aller Bekanntschaft, sich den Rat verkniffen, besser gleich einen schwarzweißen Positivfilm zu verwenden. Vielleicht sei dergleichen aber nicht handelsüblich gewesen, so für einen bloßen Amateur. Amateur . . . dies sei das Wort. Schließlich habe er erfahren müssen, daß solche schwarzweißen Diapositive mehr bringen als die Papiervergrößerungen, mit denen er sich begnügt habe in seiner Unkenntnis. Dabei sei das Verhältnis zwischen dem hellsten Papierton und der tiefsten möglichen Schwärzung ungefähr 1:30. Ein Diapositiv biete bei der Projektion ungefähr 1:300. So sitze er da. Nur bequemer habe er es mit dem Dia-Karussell, komplett mit Fuß-Schalter. Und tatsächlich gebe es einige

Bilder, für die hole er sich doch wieder das Episkop aus dem Schrank, weil man am Verdunkeln der alten Vergrößerungen die Zeit genauer merken könne, ihr Vergehen nämlich.

– Das mit 1:300 will ich erklären, indem ich etwas aus dem Sommer 1935 auf die Leinwand werfe, Dunst über der See, Abstrahlungen der Sonne entlang den Umrissen der Wolken, die sich in Streifen unterschiedlicher Helligkeit auf den Wellen abbilden. Das würden Sie vergeblich suchen in einer Vergrößerung auf dem Papier, und machte doch den Entschluß zu der Aufnahme, den Hintergrund für das halb verschattete Profil vorn, das Sie allerdings auf Papier unweigerlich fänden. Das ist die Dame, deren Anblick allein mir einst das Herz angehalten hat, die unerhörte Verwirklichung des Lebens für einen Joe Hinterhand. Dachte er, und hat inzwischen gelernt zu denken, daß sie an diesem Tage zurückgekommen war von einer ihrer ... Studienreisen auf den Kontinent, aus der italienischen Schweiz diesmal, weswegen ihr das Mundwerk nur so läuft mit s'arrangiarsi und essere stato a Roma senza aver veduto il Papa, und heute kann Joe Hinterhand denken, was sie arrangiert hat, in Worten von einer Obszönität, deren einmal ich mich für unfähig gehalten habe, Lochschwager und sleeping dictionary ...

– Hier haben Sie sie im Jahre 1937, zu Füßen einer Great Old Lady der Emigration; beachten Sie, wie gehorsam sie ihr das Gesicht entgegenhält, den gespannten Hals, das Kinn gehoben in der Art einer bevorzugten Schülerin, ganz aufgegangen in der Rolle der Ehefrau eines Dr. Hinterhand, berühmt für die entschlossene Treue, mit der sie ihm folgte aus dem Deutschland der Nazis. Der das Bild aufnahm, hat bequem vergessen, daß er hat sie holen lassen müssen; der es heute ansieht, ist durchdrungen von ... Geniertheit, daß er eine Rolle gespielt hat in solcher Schaustellung, in Wahrheit der mißachtete Mann, der bloß gut ist zum Besorgen von Unterkunft und Auskommen, für Kleidung und Schuhwerk à jour, den hält sie sich in einer Hinterhand . . .

– Dies zeigt sie auf der Rückkehr vom abendlichen Gang zum Postamt, und dem Fotografen war es angekommen auf das schräge Licht, den flirrenden Umriß ihrer Gestalt, bewegt wie er war von ihrer Fürsorglichkeit, mit der sie seine Arbeit bewahren will vor Störungen durch den Boten, weswegen sie im Dorf ein Fach gemietet hat und es täglich bedient. Nur die Briefe mit den italienischen und schweizerischen Marken, die behält sie in der Handtasche, die stecken später an einer heimlichen Stelle in ihrem Sekretär, neben denen von Joe Hinterhand . . .

– 1939 im Juni, auf dem Bahnhof Folkestone Central, ein mutiges Mädchen auf dem Weg über das weite Wasser nach Amerika, weswegen der Fotograf das Kräuseln auf ihrer Stirn im Sucher hat, sein belastetes Gewissen, er hat sie fast zu dringend gebeten um ihre Gesellschaft auf der Reise. Heute muß er es übersetzen in ihren Verdruß über den Abschied von den Grand Hotels des europäischen Festlandes, von ihren Wochenenden in jenen Hotels, dirty weekends ...

– Einmal auch Joe Hinterhand himself, an einem Mikrofon in Chicago, einen unverfrorenen Redner gegen die Politik des Isolationismus und insbesondere gegen Mr. Charles Lindbergh. Auffällig die Selbstsicherheit, die Sprechgewandtheit eines Mannes, der keinen Augenblick sich fürchtet vor Zwischenrufen und einem doch ausgesetzt wäre: Aber deine Frau schläft mit einem Faschisten ...

– Hier ist sie zu sehen an Bord des Schiffes, mit dem die Hinterhands zurückkehren von ihrer ersten Europareise nach dem Krieg, 1947. Der ihren düster versonnenen Blick festhalten wollte, sah darin ihre Erinnerung an den gemeinsamen Aufenthalt in Zürich und Basel. Heute weiß er die Richtung ihrer Gedanken genauer, jene zwei

Tage, die sie ohne ihn in Locarno verbracht hat . . .
– Mrs. Hinterhand in ihrem vierzigsten Lebensjahr, beim Tennisspiel auf Long Island, beim Aufsprung mit erhobenem Arm so fixiert, daß sie gut und gerne jünger scheint. Ihrem dreizehnjährigen Partner, einem vom Spielernst verbissenen Jungen, hat sie eben noch zugerufen: Bravo Antoonioo –! und der da durch die Kamera zusieht und hinter ihr zuhört, weiß nur Bewunderung für sie und ihre Umsicht, dem Kind einen internationalen Namen zu geben, üblich in einem Land mit englischer wie deutscher Sprache; später wird sie ihm sagen, daß er eine andere Herkunft und Sprache hinzutun muß, das Italienische . . .
Ein Purgatorium für eine einzelne Person? Er ziehe es vor, sich das Wort zu übersetzen als eine Reinigungsanstalt, als dry cleaning. Anfangs habe er einen vollständigen Durchlauf der Bilder bis zu fünf Malen im Jahr benötigt.

Das Fotografieren habe er nach 1947 zu keiner Zeit wieder aufgenommen.

10

Es sei doch schon der authentische amerikanische Gefängnisroman (A.N.A.P.) vergebens von ihm erwartet worden.
Denn im Moment der Erkenntnis, daß man ihm ein richtiges Leben vorgespielt habe inmitten eines falschen, sei sein Bewußtsein angehalten worden, arrestiert, versiegelt, bloß noch ein Behältnis, in dem starr Vergangenheit verwaltet werde. Er sei im Gefängnis lediglich vorhanden gewesen, blockiert gegen Wahrnehmungen. So habe eine Besucherin aus jener Zeit ihn erinnert an eine Nacht, in der er zwischen zwei Wärtern über einen sanitär ausgeleuchteten Korridor getaumelt sei, schwächlich wie ein kranker Mensch, unter rutschenden Decken; er begreife, daß dies für die Zeugin ein Erlebnis bedeutet habe. Dergleichen sei ihm verwehrt gewesen und abgeschottet geblieben. Das Bewußtsein sperre sich gegen neue Eingänge. Gelegentlich, etwa angesichts der Baumblüte im River-

side Park unter dem Fenster, erinnere er sich der Begeisterung von ehemals, auch daß er zu ihr verpflichtet wäre; aber ein solcher Motor müsse sich selber starten, und bleibe kalt.

Das vorrätige Material hingegen, Erfahrungen aus den zwanzig Jahren zwischen 1926 und 1947, sei verdorben. Denn wer das Lebensgefühl eines werdenden Vaters erzählen wolle, der könne ausgehen nur von den eigenen Zuständen; die jedoch seien ihm verursacht worden durch Vortäuschung, und gehörten ausgestrichen. Die Erregung beim ersten Aufstieg in einem Flugzeug habe sich noch einer anderen Sache verdankt als der Technik, nämlich der Voraussicht auf das Wiedersehen mit einer . . . geliebten Person; sobald diese sich herausstelle als jemand, der ihm nach dem Leben getrachtet habe, werde die Empfindung negativ aufgeladen und entfalle als eine Voraussetzung für die Arbeit des Erfindens. So verhalte es sich mit der Erinnerung an die Geräusche des Hamburger Hauptbahnhofes, gehört in einem nächtlichen Hotelzimmer, oder an den mit Hausterrassen besetzten Hafenkessel von Folkestone, an das wacklige Klappern der Hochbahn auf der Innenschleife von Chicago; so gehe es mit sämtlichen Lebensinhalten jener zwanzig Jahre. Schon die zufällige Berührung im Bewußtsein, wie das Gedächtnis sie vermittle nach einem wahnwitzig willkürlichen Programm, scheide sie aus, schalte sie ab, Stück für Stück. Wie in die Fotografien, sei in die Vorräte der Erinnerung eine Sperre eingestanzt: *Unwahr. Falsch. Vergiftet. Entwertet. Ungültig.* Vom Schaltsystem des Bewußtseins sei eine Automatik allerdings erhalten geblieben, ausreichend für die Übertragung von fast allen amerikanischen Texten in die deutsche Sprache. Joe Hinterhand, ein geschätzter Übersetzer, akkurat, pünktlich und all das; ein Betriebsunfall.

11

Nach einer ärztlichen Lehrmeinung sei der Zustand des Patienten Hinterhand physiologisch zu erklären, als eine Kapitulation des Körpers vor den coronaries ... den Herzinfarkten, nachweisbar an organischen Ausfällen wie der zerstörten Handschrift oder dem vollständigen Verlust der nordamerikanischen Satzmelodie. Tatsächlich sei er einer der wenigen Bankkunden von New York City, die mit barem Gelde in die Wildnis der Straße müssen, um Zweifeln an der eigenen Unterschrift zuvorzukommen, und selbst in der Filiale um die Ecke solle der Manager gutsagen für jeden Scheck, wenn ein Kassierer noch unvertraut sei mit dem Phänomen Hinterhand. Auch den Rückfall in den deutschen Akzent bestätige er also, wie Hemmungen beim Sprechen überhaupt. Das eine zu reparieren scheine bisher jenseits der Wissenschaft, die Therapie für das andere zu aufwendig.

Bei einer anderen Lehrmeinung, der psychoanalytischen, sei er nur bis zu Erkundigungen gelangt. Denn er habe versagt bei dem Versuch, den Gedankengängen dieser Schule anders zu folgen denn auf einem abstrakten Strich, der nie sich habe verwandeln wollen in das Erlebnis, das zum Begreifen erforderlich ist. So habe er als ein Modell zwar anerkennen können, wonach ein männliches Kind dem Vater die Mutter neide und für die verlorene Person die einer anderen Frau einsetze; von mehreren Pflegeeltern behandelt als eine lästige Waise, sei ihm ein solcher Neid, Verlust und Ersatz unwirklich nach wie vor. Vielleicht ein Verlust für die Wissenschaft. Denn er sei mit einer Art von Entsetzen gefragt worden, wie denn er sich habe einlassen können auf einen anderen Menschen so ganz und gar, ohne einen Teil der eigenen Person in einem Versteck zu halten!, worauf er schon aus Verständigkeit zugestanden habe, er sei in der Tat auf der Strecke geblieben mit seinem Entwurf von

einer Liebe sonder Vorbehalt – dies, ohne daß er sich überwinden könne, seine Eideshelfer, von PLATO bis BLOCH, im Ernst zu verklagen, da zumindest der eine von ihnen eine Erfahrung vorzutragen scheine. Auch sei Patient Hinterhand verdächtigt worden, im Grunde den Schnitt zwischen der eigenen und der anderen Person zu fürchten. Als sei er süchtig, im Zustand einer Folter zu verharren! Im Gegenteil sei er begierig, sich von den gefälschten Elementen zu reinigen, schon um einer Nekrose vorzubeugen. Nur bedeute dies, das Gedächtnis abzuschaffen. Vielleicht auch habe er sich behindern lassen von dem Vorurteil oder der Gewißheit, nach zwanzig Jahren Durchwachsenseins sei eine Abtrennung des verdorbenen Lebensmusters nur zu bewerkstelligen um den Verlust des anderen, wie bei Wald und Gebüsch, bei Sumpf und Röhricht, bei Rosenbusch und honeysuckle ... Jelängerjelieber, bei Fleisch und Sehnen.
Krank, demnach; vornehmlich an einer

Funktion des Gedächtnisses. Zwar hüte er sich, den Erinnerungen Vorschub zu leisten, oder gar sie einzuladen. So meide er den Broadway, ohne Fehl zur Zeit der Weihnachtsfeste, da er ohnehin im Ohr habe, wie eine Deutsche mit absichtlich ausländischem R das Lied von *Rudolf the Red-Nosed Reindeer* singt, um ein Kind zu belustigen . . . Des weiteren laufe er auf der Straße Gefahr, noch einmal einer Matrone zu begegnen, die ihrem Mann den Kragen hochstülpt gegen zu scharfen Wind, dabei die Passanten blickweise einladend, mit ihr sich zu verwundern über die Ungeschicklichkeit von Männern. Dergleichen eheliche Verständigung, oder der Anblick von Liebespaaren, habe ihm vor wenigen Jahren noch Tränen in die Augen getrieben. Deswegen seien ihm die Filmtheater am Broadway verschlossen, habe er auf das Fernsehen verzichtet von vornherein, und sogar beim Rundfunk, den er benutze für Übungen in der amerikanischen Sprache, von Berufs wegen, müsse er vorsichtig sein. Sogleich treibe er den Skalenknopf, wenn eine italienische Produktion angesagt werde, ob in Musik oder Sprache ... aus hygienischen Gründen. Jedoch beim versehentlichen Einschalten einer Station sei er einmal geraten in den Satz eines Schauspielers: It would be like paying a stranger for getting to bed with your wife. Eine Sendung nach der unverdächtigen JANE EYRE habe ihm das Mißgeschick beschert, von einer Frau den Satz gesprochen zu hören: I do love you for my heart. Im Riverside Park gehe er auf Umwegen um die Nacktsamer, die Ginkgo-Bäume, etwa den nördlich der Johanna von Orleans, gegenüber der 93. Straße, denn dieser Baum sei früher eines seiner Wappen gewesen, und das Zurückdenken an die Zeilen 5 bis 12 des dazugehörigen Gedichtes be ... lästige ihn. Das Essen auswärts habe er aufgegeben, da Besuche in Restaurants Feste gewesen seien ehedem, das Feiern von Geburtstagen, Erfolgen, Vergnügen ...; er ziehe es vor, aus Dosen zu essen. Manche

Münzen loszuwerden sei eine Erleichterung, da ihre Jahreszahl lauten könne auf 1926, 1935, 1947 ... Wie er habe sagen hören, müsse ein Reisender in den modernen Flugzeugen recht eng sitzen, da sei wenig Auslauf für unruhige Einfälle; er sei 1946 zum letzten Mal in der Luft gewesen. Aber es genüge, gedankenlos mit dem nackten Fuß auf Fußbodenkacheln zu kommen, und unverzüglich sei er in der Falle, eingeholt von den Morgen an der See, 1928, 1938, der Gegenwart des Wachwerdens beim Schwimmen, der Freude auf den Anfang des Tages, entwertet, vergiftet, verloren, und gegenwärtig ohne Ende.

Er halte sich an einen Befund, den Max Frisch vor elf Jahren veröffentlicht habe: es sei nicht die Zeit für Ich-Geschichten. Auch er habe einmal sich bemüht, einzelne Personen nur zu zeigen in ihrem Zusammenhang mit mehreren, in der Einrichtung der Gesellschaft, und sei Geschichten aus dem Wege gegangen, wenn sie ihm befangen schienen in nur einem Menschen, oder zweien, müßig, unverantwortlich, unstatthaft. Und doch, so die Antithese, vollziehe das menschliche Leben sich am einzelnen Ich, oder verfehle sich daran. Nirgends sonst.

Demnach sei er eine von den verfehlten Varianten, eine von den verunglückten.

1949, vor Gericht, habe er recht inständig gehofft auf ein Urteil, nach dem man ihn ums Leben bringen werde durch Stromstöße oder durch den Strang, wobei es ihm nicht um die Strafe gegangen sei, sondern um einen Notausgang, einen Ausweg. In der Folge habe er eine eigene Todesstrafe gefunden, abzuleisten durch Ableben.

Bibliothek Suhrkamp

Verzeichnis der letzten Nummern

1121 Willem Elsschot, Villa des Roses
1122 Juan Goytisolo, Landschaften nach der Schlacht
1123 Sascha Sokolow, Die Schule der Dummen
1124 Bohumil Hrabal, Leben ohne Smoking
1125 Peter Bichsel, Eigentlich möchte Frau Blum den Milchmann kennenlernen
1127 Adolf Muschg, Noch ein Wunsch
1130 Gesualdo Bufalino, Die Lügen der Nacht
1131 Richard Ellermann, Vier Dubliner – Wilde, Yeats, Joyce und Beckett
1132 Gerard Reve, Der vierte Mann
1133 Mercè Rodoreda, Auf der Plaça del Diamant
1135 Hans-Georg Gadamer, Über die Verborgenheit der Gesundheit
1136 Wolfgang Hildesheimer, Mozart
1141 Cees Nooteboom, Die folgende Geschichte
1142 Hermann Hesse, Musik
1143 Paul Celan, Lichtzwang
1144 Isabel Allende, Geschenk für eine Braut
1147 Giorgos Seferis, Sechs Nächte auf der Akropolis
1149 Max Dauthendey, Die acht Gesichter am Biwasee
1150 Julio Cortázar, Alle lieben Glenda
1151 Isaak Babel, Die Reiterarmee
1154 Juan Benet, Der Turmbau zu Babel
1155 Bertolt Brecht, Die Dreigroschenoper
1156 Józef Wittlin, Mein Lemberg
1157 Bohumil Hrabal, Reise nach Sondervorschrift
1158 Tankred Dorst, Fernando Krapp hat mir diesen Brief geschrieben
1159 Mori Ōgai, Die Tänzerin
1160 Hans Jonas, Gedanken über Gott
1161 Bertolt Brecht, Gedichte über die Liebe
1163 Samuel Beckett, Der Ausgestoßene
1165 Yasunari Kawabata, Die schlafenden Schönen
1168 Alberto Savinio, Kindheit des Nivasio Dolcemare
1169 Alain Robbe-Grillet, Die blaue Villa in Hongkong
1170 Dolf Sternberger, ›Ich wünschte ein Bürger zu sein‹
1171 Herman Bang, Die vier Teufel
1172 Paul Valéry, Windstriche
1173 Peter Handke, Die Stunde da wir nichts voneinander wußten
1174 Emmanuel Bove, Die Falle
1175 Juan Carlos Onetti, Abschiede
1176 Elisabeth Langgässer, Das Labyrinth
1178 Kenzaburō Ōe, Der Fang
1179 Peter Bichsel, Zur Stadt Paris
1180 Zbigniew Herbert, Der Tulpen bitterer Duft
1181 Martin Walser, Ohne einander
1182 Jean Paulhan, Der beflissene Soldat
1183 Rudyard Kipling, Die beste Geschichte der Welt

1185 Marcel Proust, Eine Liebe Swanns
1187 Juan Goytisolo, Rückforderung des Conde don Julián
1188 Adolfo Bioy Casares, Abenteuer eines Fotografen
1189 Cees Nooteboom, Der Buddha hinter dem Bretterzaun
1191 Paul Valéry, Monsieur Teste
1192 Harry Mulisch, Das steinerne Brautbett
1193 John Cage, Silence
1194 Antonia S. Byatt, Zucker
1197 Claude Lévi-Strauss, Mythos und Bedeutung
1198 Tschingis Aitmatow, Der weiße Dampfer
1199 Gertrud Kolmar, Susanna
1200 Octavio Paz, Die doppelte Flamme, Liebe und Erotik
1201 E. M. Cioran, Gedankendämmerung
1202 Gesualdo Bufalino, Klare Verhältnisse
1203 Friedrich Dürrenmatt, Die Ehe des Herrn Mississippi
1205 Ambrose Bierce, Mein Lieblingsmord
1206 Amos Oz, Herr Levi
1208 Wolfgang Koeppen, Ich bin gern in Venedig warum
1209 Hugo Claus, Jakobs Verlangen
1210 Abraham Sutzkever, Grünes Aquarium/Griner Akwarium
1211 Samuel Beckett, Das letzte Band/Krapp's Last Tape/La dernière bande
1213 Louis Aragon, Der Pariser Bauer
1214 Michel Foucault, Die Hoffräulein
1215 Gertrude Stein, Zarte Knöpfe/Tender Buttons
1216 Hans Mayer, Reden über Deutschland
1217 Alvaro Cunqueiro, Die Chroniken des Kantors
1218 Inger Christensen, Das gemalte Zimmer
1219 Peter Weiss, Das Gespräch der drei Gehenden
1220 Rudyard Kipling, Das neue Dschungelbuch
1221 Sylvia Plath, Die Glasglocke
1222 Martin Walser, Selbstbewußtsein und Ironie
1223 Cees Nooteboom, Das Gesicht des Auges/Het gezicht van het oog
1224 Samuel Beckett, Endspiel/Fin de partie/Endgame
1225 Bernard Shaw, Die wundersame Rache
1226 Else Lasker-Schüler, Der Prinz von Theben
1227 Cesare Pavese, Die einsamen Frauen
1228 Zbigniew Herbert, Stilleben mit Kandare
1230 Peter Handke, Phantasien der Wiederholung
1231 John Updike, Der weite Weg zu zweit
1232 Georges Simenon, Der Mörder
1233 Jürgen Habermas, Vom sinnlichen Eindruck zum symbolischen Ausdruck
1234 Clarice Lispector, Wo warst du in der Nacht
1235 Joseph Conrad, Falk
1236 Stefan Andres, Wir sind Utopia
1237 Virginia Woolf, Die Wellen
1238 Cesare Pavese, Der schöne Sommer
1239 Franz Kafka, Betrachtung
1240 Lawrence Durrell, Das Lächeln des Tao
1241 Bohumil Hrabal, Ein Heft ungeteilter Aufmerksamkeit
1242 Erhart Kästner, Die Lerchenschule

1243 Eduardo Mendoza, Das Jahr der Sintflut
1244 Karl Kraus, Die Sprache
1245 Annette Kolb, Daphne Herbst
1246 Giuseppe Tomasi di Lampedusa, Die Sirene
1247 Marieluise Fleißer, Die List
1248 Sadeq Hedayat, Die blinde Eule
1249 Olof Lagercrantz, Marcel Proust oder Vom Glück des Lesens
1250 Paul Celan, Schneepart
1251 György Dalos, Die Beschneidung
1252 René Depestre, Hadriana in all meinen Träumen
1253 Jurek Becker, Bronsteins Kinder
1254 Ryūnosuke Akutagawa, Das Leben eines Narren
1255 Cesare Pavese, Der Teufel auf den Hügeln
1256 Hans Magnus Enzensberger, Kiosk
1257 Paul Bowles, Zu fern der Heimat
1258 Adolfo Bioy Casares, Ein schwankender Champion
1259 Anna Maria Jokl, Essenzen
1261 Giuseppe Ungaretti, Das verheißene Land/La terra promessa
1262 Juan Carlos Onetti, Magda
1263 Hans Blumenberg, Schiffbruch mit Zuschauer
1264 Hermann Lenz, Die Augen eines Dieners
1265 Hans Erich Nossack, Um es kurz zu machen
1266 Joseph Brodsky, Haltestelle in der Wüste
1267 Mário de Sá-Carneiro, Lúcios Bekenntnis
1268 Gerhard Meier, Land der Winde
1269 Gershom Scholem, Judaica 6
1270 Rafael Alberti, Der verlorene Hain
1271 Bertolt Brecht, Furcht und Elend des III. Reiches
1272 Thomas Wolfe, Der verlorene Knabe
1273 E. M. Cioran, Leidenschaftlicher Leitfaden
1274 Bertolt Brecht, Flüchtlingsgespräche
1275 Else Lasker-Schüler, In Theben geboren
1276 Samuel Joseph Agnon, Buch der Taten
1277 Volker Braun, Die unvollendete Geschichte und ihr Ende
1278 Jan Jacob Slauerhoff, Christus in Guadalajara
1279 Yasushi Inoue, Shirobamba
1280 Gertrud von le Fort, Das fremde Kind
1281 György Konrád, Heimkehr
1282 Peter Bichsel, Der Busant
1284 Carlos Fuentes, Der alte Gringo
1285 Peter Rühmkorf, Lethe mit Schuß
1286 Cees Nooteboom, Der Ritter ist gestorben
1287 Christopher Isherwood, Praterveilchen
1288 Ernst Weiß, Jarmila
1289 Vladimir Nabokov, Pnin
1291 Rainer Maria Rilke, Mitten im Lesen schreib ich Dir
1292 Robert Graves, Der Schrei
1293 S.J. Agnon, Liebe und Trennung
1294 Louis Begley, Lügen in Zeiten des Krieges
1295 Inger Christensen, Das Schmetterlingstal

1296 Rosario Castellanos, Die Tugend der Frauen von Comitán
1297 Marcel Proust, Freuden und Tage
1298 Weniamin Kawerin, Vor dem Spiegel
1299 Juan Carlos Onetti, Wenn es nicht mehr wichtig ist
1300 Peter Handke, Drei Versuche
1301 Hans Henny Jahnn, 13 nicht geheure Geschichten
1302 Claude Simon, Die Akazie
1303 Hans Blumenberg, Begriffe in Geschichten
1304 Friederike Mayröcker, Benachbarte Metalle
1305 S. Yishar, Ein arabisches Dorf
1306 Paul Valéry, Leonardo da Vinci
1307 Ernst Weiß, Der Augenzeuge
1308 Octavio Paz, Im Lichte Indiens
1309 Gertrud Kolmar, Welten
1310 Alberto Savinio, Tragödie der Kindheit
1311 Zbigniew Herbert, Opfer der Könige
1312 Edoardo Sanguineti, Capriccio italiano
1314 Augusto Roa Bastos, Die Nacht des Admirals
1315 Frank Wedekind, Lulu – Die Büchse der Pandora
1316 Jorge Ibargüengoitia, Abendstunden in der Provinz
1317 Marina Zwetajewa, Ein Abend nicht von dieser Welt
1318 Hans Henny Jahnn, Die Nacht aus Blei
1319 Julio Cortázar, Andrés Favas Tagebuch
1320 Thomas Bernhard, Das Kalkwerk
1321 Marcel Proust, Combray
1322 Ludwig Wittgenstein, Tractatus logico-philosophicus
1323 Hermann Lenz, Spiegelhütte
1325 Sigrid Undset, Das glückliche Alter
1326 Botho Strauß, Gedankenfluchten
1327 Ricarda Huch, Herbstfeuer
1328 Paul Nizon, Untertauchen
1329 Álvaro Mutis, Die letzte Fahrt des Tramp Steamer
1330 Sherwood Anderson, Winesburg, Ohio
1331 Derrida / Montaigne, Über die Freundschaft
1332 Günter Grass, Katz und Maus
1333 Gert Ledig, Die Stalinorgel
1334 Yasushi Inoue, Schwarze Flut
1335 Heiner Müller, Ende der Handschrift
1336 Hans Blumenberg, Löwen
1337 Konstantinos Kavafis, Gefärbtes Glas
1338 Wolfgang Koeppen, Die Jawang-Gesellschaft
1339 Jorge Semprun, Die Ohnmacht
1341 Hermann Hesse, Der Zauberer
1342 Hermann Broch, Hofmannsthal und seine Zeit
1343 Bertolt Brecht, Kalendergeschichten
1344 Odysseas Elytis, Oxópetra / Westlich der Trauer
1345 Hermann Hesse, Peter Camenzind
1346 Franz Kafka, Strafen
1347 Amos Oz, Sumchi
1348 Stefan Zweig, Schachnovelle

Bibliothek Suhrkamp

Alphabetisches Verzeichnis